菲華截句選

王勇 主編

截句 ● 是心靈激光、詩中舍利！

4 行詩

截古截今

截出**電光石火**的柔情，

截出**石破天驚** ──

　　　　　　　的

　　　　　　　　俠骨。

寫不盡
　　的截句，

截不斷
　　的詩意，

句斷詩連，
詩的
再生緣。

【截句詩系第二輯總序】
「截句」

李瑞騰

上世紀的八十年代之初，我曾經寫過一本《水晶簾捲──絕句精華賞析》，挑選的絕句有七十餘首，注釋加賞析，前面並有一篇導言〈四行的內心世界〉，談絕句的基本構成：形象性、音樂性、意象性；論其四行的內心世界：感性的美之觀照、知性的批評行為。

三十餘年後，讀著臺灣詩學季刊社力推的「截句」，不免想起昔日閱讀和注析絕句的往事；重讀那篇導言，覺得二者在詩藝內涵上實有相通之處。但今之「截句」，非古之「截句」（截律之半），而是用其名的一種現代新文類。

　　探討「截句」作為一種文類的名與實，是很有意思的。首先，就其生成而言，「截句」從一首較長的詩中截取數句，通常是四行以內；後來詩人創作「截句」，寫成四行以內，其表現美學正如古之絕句。這等於說，今之「截句」有二種：一是「截」的，二是創作的。但不管如何，二者的篇幅皆短小，即四行以內，句絕而意不絕。

　　說來也是一件大事，去年臺灣詩學季刊社總共出版了13本個人截句詩集，並有一本新加坡卡夫的《截句選讀》、一本白靈編的《臺灣詩學截句選300首》；今年也將出版23本，有幾本華文地區的截句選，如《新華截句選》、《馬華截句選》、《菲華截句選》、《越華截句選》、《緬華截句選》等，另外有卡夫的《截句選讀二》、香港青年學者余境熹的《截竹為筒作笛吹：截句詩「誤讀」》、白靈又編了《魚跳：2018臉書截句300首》等，截句影響的版圖比前一年又拓展了不少。

　　同時，我們將在今年年底與東吳大學中文系合辦

「現代截句詩學研討會」，深化此一文類。如同古之
絕句，截句語近而情遙，極適合今天的網路新媒體，
我們相信會有更多人投身到這個園地來耕耘。

【主編序】
菲華截句　揚蹄躍進

王勇

　　菲華截句詩創作，與臺灣截句倡導密不可分，2017年年初，臺灣詩學季刊在臉書上開設《facebook詩論壇》，長期徵求截句詩作。我因在臉書上經常與臺灣詩友進行互動交流，之前也在菲華報紙專欄上薦介大陸詩友蔣一談倡導的沒有詩題的截句，但沒有引起詩壇的反應。看到臺灣由白靈、蕭蕭、蘇紹連諸位詩友發起有詩題的截句詩，正符合我2010年開始倡導與探索的「閃小詩」範疇，內心深有觸動，覺得推動微詩書寫的機會來了，於是率先在菲華引介「臺灣截句」，接連撰寫了二、三十篇薦讀、評介截句的短文，並向東南亞華文詩壇幅射，多少獲得一些回應。

　　2017年年底，臺灣詩學季刊同步出版15冊截句詩集，展現臺灣大規模地提倡有詩題的截句創作的雄心。其中《臺灣詩學截句300首》收入我與和權兩位菲華作者的截句。

　　凡做一項事業，必須要有企圖心與使命感，從臺灣截句的生發、崛起，我目見這份氣勢，慶幸自己趕上了潮流。今年年底，臺灣詩學季刊再度發力，將推出第二批截句詩叢，並召開截句詩學研討會，既希望截句能夠普及化更要為截句提升學術內涵。臺灣截句的領頭人白靈詩友提議把《菲華截句選》列入截句詩叢第二輯，交由我來主編。這是一個提振菲華截句創作風潮的機會，更是一個艱難的挑戰。菲華社會乃至菲華文壇相對保守，對新事物的感知與接受能力不是太敏銳，但借助外緣的引動或有可能激發？於是我在思考後答應白靈詩友交托的任務，精心擬列了十八位具有代表性的菲華老中青詩人的邀約名單，並發出正式邀請，結果十二位入列，其他沒有提供作品的作者各有原因，歸納有三：一是認為截句即屬小詩範疇，

沒必要另立名目。二是自覺可列入截句的四行內的微詩數目不夠，要截取舊作又擔心破壞原詩風貌。這是完全不瞭解截句而造成的原因，因截取舊作可另取詩題，成為完全獨立的另一首詩。三是缺乏靈感，來不及創作十五首全新的又令自身滿意的截句。

最終，《菲華截句選》總算不負所望，如斯付梓，感謝臺灣詩學季刊、秀威公司、白靈詩友，以及諸位菲華同道，致使菲華沒有缺席這場將會載入世界華文詩史的截句運動。《菲華截句選》十二位詩友的作品，就像鑽石的十二個切面，折射出菲華現代詩多彩的吉光片羽。書中按作者出生年順序排列，僅各引介一首分享。

許露麟14首，〈相逢〉：「你在嬰兒車，我在輪椅車上／偶然相逢在十字街口／你在啃小指頭／我在抓腳趾頭」。

吳天霽15首，〈故鄉〉：「從來沒有人能破解／嬰兒離開母體時／哭叫的訊號：／／捨不得母親的子宮」。

　　白凌14首，〈牽手〉：「牽妳小手／上船／船便忍不住／搖動整條河流」。

　　施文志15首，〈耳朵〉：「一陣風吹過來／我聽見了聲色／／黑色的黑暗／白色的光明」。

　　張子靈15首，含截舊作；〈飛閃族〉：「八荒橫空傾瀉的天籟崩裂了喧譁／漂泊的眼神頓醒／尋捕那曾出沒夢境的身影／／攔截下的奔波轉身以溫柔相望」。

　　蘇榮超20首，〈螢火蟲〉：「偽裝成為星星／在夜空中發放光芒／一隻隻謊言／飄來飄去」。

　　小釣15首，〈漢文鉛字〉：「掌心按在鉛字上／印出殷紅的中國字／那是我的血／暢流的緣故」。

　　蔡銘12首，含截舊作；〈煙灰缸〉：「堆積了一下午的思考／孤獨以及不安／／你是否／也被灼傷」。

　　椰子15首，含截舊作；〈扁擔〉：「父親的故鄉那頭／兒子的故鄉　這頭／／我挑起兩頭」。

　　王勇15首，〈剃頭〉：「髮際線不是三八線／無

法強調：犯我者，雖遠必誅／／剃刀過處，髮落／如雪，黑白不分」。

　　王仲煌15首，含截舊作；〈時光〉：「誰是世上最美的？／不是皇后／也非白雪公主／她們只是你的一個剎那」。

　　石乃磐15首，全截自舊作；〈日記〉：「日記本中頹廢的紙張／不再舞動一雙肆意翱翔的翅膀／這收合起來的黑暗／長眠在下一代未醒的眼睛」。

　　菲華截句，既已起程，當再揚蹄躍進，逐鹿詩壇！

2018.11.3

目　次

輯三 ┃ 白凌

輯四 ┃ 施文志

輯五｜張子靈

輯六｜蘇榮超

輯七｜小鈞

輯八｜蔡銘

輯九 椰子

輯十一｜王仲煌

輯十二｜石乃磐

許露麟

許露麟

　　祖籍福建晉江，1938年出生於菲律賓。1956年就讀於臺灣大學，畢業於菲律賓馬波亞技術學院機工系。1961年開始詩文與短篇小說創作，作品散見於菲華報刊，曾主編耕園文藝社《芳草集》。1967年移居臺灣，經營的五更鼓茶屋成為海峽兩岸文朋詩友的聚集地。目前旅居廈門。現為菲律賓華文作家協會理事、臺灣創世紀詩社同仁。

0時0分0秒

活在0時0分0秒的時空

在昨日與明日交接的夾縫間

練習寫一篇文情並茂的訃聞

假牙真言

飯後你常遞來一支牙籤

卻不知我嘴裡裝滿假牙

再也沒有甚麼縫隙可以挑剔

甜言蜜語

蜜蜂常愛在我耳裡
築巢，而我
常忙著挖淨耳屎

禿頭

都豎起白旗往後撤退
留下一片荒涼的沙漠
與海市蜃樓在陽光照耀下

白髮

早上攬鏡又驚見

多了一條蛆在蠕動

牠們蟄伏著等待吃了我

抖擻

在人行道上，突聞一聲哀叫
回首見到我抖擻遍地的肌膚
有人踩後，摔了一大跤

臉

每晚回家都發現又把臉遺失了
祈望有人撿去當面具
而不是在馬路上被踩爛

面具

每天出門都會把昨晚
備妥的一次性面具戴上

是喜是怒
都空著一張臉返家

回家

明知家裡一直沒人
總要敲幾下再開門

然後輕輕喊一聲
我回來了

帽子

每次出門都會戴上帽子
白天怕頭髮被太陽曬黑
晚上怕頭髮被月亮漂白

我愛你

偶爾也可以

把說出去的話

反過來說給自己聽

翱翔

站在臺北101天臺上俯瞰

總會產生掉落的恐懼

也會生出飛躍的慾望

翅膀

把翅膀摘下
懸掛在灰色的牆上

點燃一根煙對它吐一口氣
幻想還在雲層裡翱翔

相逢

你在嬰兒車，我在輪椅車上
偶然相逢在十字街口
你在啃小指頭
我在抓腳趾頭

吳天霽

吳天霽

　　祖籍福建晉江，1940年出生於菲律賓棉蘭佬島，高中畢業於宿務市中國中學。詩作曾入選臺灣《中國情詩選》、《聯副三十年文學大系‧抒情詩卷》及菲華各種詩選。出版詩集《耶穌的懷念》、《跨世紀詩選》。現任東南亞華文詩人筆會創會理事、新潮文藝社理事、菲律賓華文作家協會理事、千島詩社創始人之一。

背叛

當你們背叛我，而跪向
核子武器膜拜

我也背向你們，在天書上
記載，地球爆破之分秒

異地
之二

凡有翅的，都飛走了

留下一群斷羽族
在禿樹下，在龜裂的泥土中
覓啄小蟲

理髮

我去理髮，照常吩咐理髮師

把那些白髮給我拔掉

然後就打盹了，醒來時

我的頭上，已是光禿禿的人生

故鄉

從來沒有人能破解
嬰兒離開母體時
哭叫的訊號：

捨不得母親的子宮

醉

我在哪一處醉倒
那一處
就是我的
家

老戰士

老戰士的心是一面破旗

他屹立如旗桿，在亂葬崗上

他嘶喊如以前的衝鋒陷陣

準備最後一次，廝殺而去

老人

風吹皺一湖澄明

為更清晰地

映出

一副臉

無題

時間匍匐而過
輪迴的草驚呼

你以一堆白骨，如小時候
露齒而笑，回應一切

夢

為什麼，夢

千迴百轉

猶未轉到最美處

就驚醒

血月

我夢見月亮
染滿血漬

醒來，細想
那是濺自，大地

眼

畫與夜

是神的雙眼

暗示我

如何渡過一生

玻璃空間

只要你肯細看

空間都圍著玻璃

處處留有

我衝出的形象

斗室

妻和我
在斗室中生活著

我們時常對望著
使斗室無限大起來

螞蟻的腳步

螞蟻的腳步

驚醒了寧靜

我遂聽到，你在遠方

怦然的心跳

浪起山走

浪起，因為
星月落下

山走，因為
平原來了

白凌

白凌

　　本名葉來城，1943年出生於菲律賓，中學畢業
於中正學院，大學畢業於馬波亞工專學院。1993年加
入臺北《創世紀詩社》，所著《白凌詩集》2006年榮
獲臺灣僑聯文教基金會華文著述獎文藝創作詩歌類第
一名。詩作〈收藏家〉入編張默主編的《小詩・床頭
書》詩選。曾任辛墾文藝社社長、千島詩社社長暨創
始人之一、亞洲華文作家協會菲分會常務理事、菲律
賓華文作家協會發起人之一、菲律賓各宗親會聯合會
名譽主席、菲律賓南陽葉氏宗親總會理事長。

壓歲錢

小時候　壓歲錢

是童年的笑靨

年紀大了　壓歲錢

卻是風浪的聲音

黑槍

一顆躲在黑處的子彈

在純白的衣服上

綻開一朵鮮豔的紅花

讓夢出血　讓血滲透大地

看星

眼睛在夜空放風箏
電流是一條隱形的線索
切斷
星子便閃閃跌落山谷

收藏家

大地是歷史的收藏家

一陣大霧

便把它打包

留給時間的手　解開

吻

唇與唇之間的取暖

一觸

心房便失火了

海的聯想

1

海醉了

所以搖搖晃晃

2

海　是一張搖床

搖動童年

搖動歲月的浮沉

3

拍岸的濤聲

是唱不完的情歌

高聳的海浪

是思念的眺望

印泥

許下諾言前　總要深吻妳

讓妳的唇紅　烙成我一生

不悔的誓言

海誓

海浪把一首歌

重複吟唱

把歌詞

鑲鑿岩石上

海的思念

聳起的海浪

冥想

山谷深處的回音

牽手

牽妳小手
上船
船便忍不住
搖動整條河流

鹽

波浪掠岸

卻有一些海水不走

鹹鹹地

留於風中結緣

蚯蚓

在泥濘中打滾
唯一的尊嚴是
埋首於黑暗的蠕動

施文志

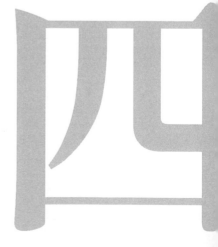

施文志

　　文學作品曾獲1984年「菲華新詩獎」佳作獎，1985年「河廣詩獎」新人獎，1986年《世界日報》文學獎之散文組第二名。著有詩文集《詩文誌》（馬尼拉：王國棟文藝基金會出版，2007年），詩集《解放童年》（臺灣：秀威資訊科技股份有限公司出版，2010年），中菲雙語詩集《解放童年Pinalayang Kamusmusan》（菲律賓：菲律賓華裔青年聯合會出版，2010年），2011年榮獲菲律賓作家聯盟

（UMPIL）頒予最高文學獎：菲律賓詩聖描轆澀斯獎。中菲英三語詩集《解放童年》（菲律賓：菲律賓莊茂榮基金會出版，2016年）。

符號

二維碼
我的符號

掃描後的記載
我是末代華僑

色情

五濁惡世
色彩有情

男人很藍
女人很綠

數據

我的生活
只是數據

愛恨多少
剩下多少

覺誤

讓你

拋紅塵

遁空門

誰誰留下了芒鞋

誰記

誰背叛愛

情辜負誰

那情那愛

誰記誰誰

咖啡

咖啡不加糖
獨身主義

咖啡加糖
恩愛如夫妻

抽煙

我愛香煙
好像美女

讓你
愛死她

喝酒

一杯子
半輩子

一半要醉生
一半讓夢死

親愛

愛人
很容易

親在左
愛在右

攝影

怎樣拍攝
你的內心

我投影
你的心影

塵網

人生遺憾
如破網

漏網的魚
浮沉人海

眼睛

看太陽下山
看月亮上山

光與暗
人間是非題

耳朵

一陣風吹過來
我聽見了聲色

黑色的黑暗
白色的光明

鬥雞

不是階級鬥爭

是輸是贏
決鬥
生或死

言行

從這個觀點
到那個角度

地球不是圓形
不需要兜圈子

張子靈

張子靈

　　本名張琪。祖籍山東，出生於臺灣。80年代移居菲律賓，聖多瑪士大學文學碩士。文心社菲律賓分社社長，菲律賓千島詩社副社長，菲律賓華文作家協會副祕書長，亞華作協菲分會副祕書長，華青文藝社工作委員。履歷：菲律賓中正學院校長助理兼中學部中文主任、大學部中文方案主任、語言中心代主任。菲律賓世界日報專欄作家。頂石建築公司總裁、設計總監。

　　出版詩集《想的故事》。編輯《青綠地帶》、《千島詩刊2013-2014》等書。

我截了時空的極限

你問，從1到4的距離可以多遠

這小碼的境界

包羅了極大的可能，廣義的性

吐納似雲的飄渺，聽見了深谷的回音

海灣落日

海灣是一條華豔繽燦的幡巾
迎風過道

幾分鐘絢爛的葬禮中
我讀完了半邊夕陽的遺書

截自〈海灣落日〉

青春忘語

初春月季時種下的許諾

幾番回首
已是花開花落
兩對蒼茫的深眸

雨！你來之形！

傾一望遼渺的弦線

仰向千古的最初

風是你的影子

你漂泊的姿態竟是江南吟客

截自〈雨！你來之形聲義！〉

分離這回事

空茫的背景
一道封鎖線　防守成真空

記憶鎖成了空城
歲月趕赴一程千嶺深水的長征

假想

讓我選擇一次

愛情和我睡去

卻在樂園裡

又復活

截自〈假想〉

窗口VS.路燈

不留意間相撞的眼神
認出他們原是失散已久的稚年友伴

二者在襲來的夜色中，忘了設防
竟愛上了同一個身影

截自〈窗口VS.路燈〉

將燈點亮

今晚是不安份的鳩鳥
嫉妒燭火的彷徨悸動

等待
是另一道深淵和遠方的閃光

截自〈將燈點亮〉

飛閃族

八荒橫空傾瀉的天籟崩裂了喧譁
漂泊的眼神頓醒
尋捕那曾出沒夢境的身影

攔截下的奔波轉身以溫柔相望

註：飛閃族／快閃族（flashmob）一
　　群人約定在某個地點、某特定時
　　間，一起唱歌、演奏、跳舞，近
　　乎一種行為藝術的即興或非即興
　　展示。

外食

移動的場景擺設成一日三餐
時而莊嚴時而苟且，偶而華麗登場

回味在記憶中走得很遠而零散
歇腳的地界或夏或冬，缺席了溫度

外賣

一個渴望很深一個夢想很重，一起出發
相會在急待和焦急的十字路口

從口腹奔來的夢想和渴望急得找門路
相逢竟是同一個命題

外帶

把日子打包成一袋又一袋的情境
香郁溫柔的滋味從記憶裡出走

想像在回家的路徑上　彼此相遇
結局竟是拎著惘然　迷失了感覺

Mall

老少各類性別淪陷在大場域，逛著今天

隱藏的欲念啟動了鏡頭，導演今世
虛擬前半生，同時編撰後半生的
另一個自己

月光不獨奏

行旅者的鏡頭裡

掛著一輪滿月

喀嚓一聲　已然千古

絕響

春夢滴血在花瓣上

其實這一切都是夢策劃的陰謀

讓血的顏色欺騙每一雙眼睛

以為花瓣是春季最美的祭品

蘇榮超

蘇榮超

　　福建省晉江市人。1962年出生於香港。十三歲移民菲律賓。在每個孤寂日子裡，詩，是生活中不可分割的影子，時刻陪伴身旁，讓每次回眸都充滿彈性的喜悅。畢業於菲律賓聖道湯瑪斯大學工業工程系，作品散見菲華及海內外報章雜誌。現任東南亞華文詩人筆會理事、菲律賓千島詩社副社長、並於菲律賓世界日報開闢文藝專欄「網絡人生」。商務之餘遊走於現實與神話的邊緣，一抹心靈的探索，雖卑微卻堅持以

詩之名映照大地，守候人間的破碎。著有詩文集《都
市情緣》一書。

旁證

秋天無需表態

落葉所說一切

可作為季節轉換的

證供

自新

打碎自己

再重新拼湊

危機

有苦澀和墨綠的況味

半截樹幹

承載日子的淚

不能風花不能雪月

列車

各位乘客

請小心歲月和

遠方之間的空隙

下一站　鄉愁

雙眉

斷裂的橋樑

延續怨女癡男

每年的遺恨

唯有　選擇相信

運勢

由於火象星座影響，今天
我對生命情節的
感悟幅度提昇
信仰和溫柔被瞬間剝離

詩人

天邊的一顆寂寞

遊走於現實與神話的軌道

星光微弱卻堅持

守候人間的破碎

詩人
之二

我的生命是藝術

這世界已不是我的家

你是天空裡的雲

卻遮不住枯萎的太陽

螢火蟲

偽裝成為星星

在夜空中發放光芒

一隻隻謊言

飄來飄去

下雨

天空將憐憫

悉數拋落人間

稀釋受傷的心情

預報心情

一股雷暴積壓體內多時

預計於今晚稍後時分

進入乾涸的精神領域

脾氣和淚水相對濕度百分之五十六

仙人掌

即使沒有飄飄仙氣

優遊於後現代

巴掌大的激情仍以頑強身姿

在火吻中培植溫柔

雲端

剪下風的影子

複製成一抹嫣然

偷偷貼在雲的臉上

想哭

飢渴自眼眶反覆蔓延

誰能穿透靈魂探索情真

當淚水掛在陣陣殺戮聲中

美麗只有持續崩壞

註：「想哭」一種電腦勒索病毒。

非主流愛情播放列表

1

更新狀態

持續挽救失落37度角

一截不能平衡的無知

2

將覆蓋臉上的偏差挪開

反覆覷覬命運密碼

通關只需壓低喧嘩半個分貝
並維持著彼此代禱的姿態

3

在遺失知覺之前
趕緊收藏快樂和臉紅

熱情

陽光煮沸一壺

春天

明媚的情節

將溫暖蔓延

靜

將情慾悉數關掉
打開疑惑的問號

請調適心情頻率
用愛聆聽

流淚

關不住的感情

在悲或喜的盡頭

放縱

小鈞

小鈞

　　本名陳曉鈞。1964年生於福建晉江，1984年移居菲律賓。1989年加入千島詩社，曾任第8屆社長，現任名譽社長。2005至2007年擔任「旅菲各校友會聯合會」第5屆主席，任期間發起「扎根與融合」為主題的全菲徵文比賽，並促成徵文作品結集出版，書名《扎根與融合》。

占領

生命應在最完美的時候
給世人占領

為的是，不爭歲月
只爭今朝

青苔

忍受衝擊
仍然蔓延

依附著
亮綠

椰子

堅韌的體魄

潔白的心房

清甜的奶汁

親如母親

蜘蛛

默默編織

歲月

八卦陣

我們的互聯網

蟬

夏天是寂寞季節
悄悄地爬上樹

脫禪
輪迴

螢火蟲

短暫的一生
有一份熱
發一份光
挑戰黑暗

珍珠

貝殼內
一點一滴
默默長成
淚珠

書籤

夾在書裡

猶如秒針

卡住記憶

指出歲月

熨斗

探索

崎嶇道路

熱情熨去

不平生活

沙子

沒有顏色之分
沒有體形之別

我們親密無間
以海為家

觀海

人的心胸
可以容下大海

人海中
卻比沙子更渺小

青花瓷

烈火催生
堅硬卻脆弱

不會變形的
人間珍品

對奕

相對的棋子
各自鬥智

人生棋盤上
無輸無贏

給力

理想催人奮進
失敗需要面對

融合兩種力量
更張力

漢文鉛字

掌心按在鉛字上
印出殷紅的中國字
那是我的血
暢流的緣故

蔡銘

蔡銘

　　1965年生，福建晉江人，1977年隨父母移民菲律
賓，1983年菲華新詩獎佳作獎，1984年河廣詩獎，新
人獎首獎，1985年學群詩文獎首獎。千島詩社發起人
之一，曾任第六、第七屆社長。

煙蒂與煙草

你煙消雲散之後

我躺在大街上

任人踩踏

呵　狼狽

星星說

我渺小
因為
你離我太遠

鬥雞場

隨著人群的高呼

兩條生命

衝向刀鋒

門

進入
我有家
出去
我有天空

紅綠燈

紅燈：停
綠燈：走
你是否還記得
我叫黃燈

盆栽

給我空間

我一樣

能長大

煙灰缸

堆積了一下午的思考
孤獨以及不安

你是否
也被灼傷

遠方

緊緊抱著沉重的教科書

悄悄走過神的雕像

順著筆直的人行道

走向巍然的商學院

截自〈在聖大〉

互聯網

無限空間裡

唯獨找不到

抽菸的淨土

鄉愁

用英語

陪一名女子談情

用中文

跟自己苦戀

截自〈在聖大〉

致飲者

心事

如果可以一口乾盡

為何醉後

滿地狼籍

咖啡

在加糖不加糖之間

我們爭論著

哦

原味吧

椰子

椰子

　　本名陳嘉獎。1965年出生在福建,一個依山傍海的村莊。大學新聞系畢業,曾任職記者和編輯。90年代移居菲律賓,經營建築材料業。

　　白日忙於勞作;夜晚短暫,而詩意綿綿。遠方和詩歌,與質樸的木頭和堅硬的鋼鐵,互為交織;為詩歌的浪漫和理想,與為謀生的低俗和現實,矛盾於一身。

　　現任菲律賓千島詩社副社長、菲律賓華文作家協會副會長。

海說

從來就沒有那麼大的蓋子
我註定是漂泊的垃圾桶

霧

地球　　這只沸騰的蒸籠
水蒸氣自我的雙眼冒出

坊巷

水泥割掉的
一截盲腸

郵票

相思

緊咬

齒痕深深

扁擔

父親的故鄉　那頭
兒子的故鄉　這頭

我挑起　兩頭

網

一條直線

萬里愁腸
千千結

出洋

今夜撒網

星光滿倉

一尾故鄉月

漏網而去

反鄉愁

哪裡有難填的慾海

哪裡就是我苦難的故鄉

截自〈月亮〉

小夜曲

酒杯哐噹

盡是苦味

嘔出來

香噴噴的

截自〈工餘〉

圓規

從原鄉的港灣出發

在迷離的漩渦中顛簸

習慣沿著一條曲線奔跑

何時才能抵達終點

截自〈圓規〉

大家樂

杜特蒂衣皺如水波

不是那種富人的

而是那種窮人的

時光皺折

註：大家樂是tagalog的
　　諧音翻譯，意為菲
　　律賓語；杜特蒂為
　　菲律賓現任總統。

截自〈大家樂〉

漁村之殤

當我像漏網之魚抽身漁村時
海明威們仍未中止與魚拔河

我經已磨成一粒光滑的鵝卵石
門口的礁岩依舊稜角分明

截自〈三百米路〉

誰更黑

菲律賓香火最旺的神叫黑耶穌
在溪阿婆　　他的臉是黑的
而包拯的臉也是黑的　　在開封府
那位中國有史以來最鐵面的清官

截自〈黑色之光〉

南洋夢

馬蹄噠噠如同椰風迴蕩
鼓聲咚咚怎似雨打芭蕉
在蕉風椰雨的合圍裡
他一聲太息　十萬埋伏

截自〈十萬埋伏〉

風暴之後

沙灘上擱淺的石子

吆喝著拉網的船歌

猶如一顆顆洄游的心臟

截自〈故鄉〉

王勇

王勇

　　筆名蕉椰、望星海、一俠、永星等。1966年出生於中國江蘇，祖籍福建晉江安海，1978年末定居菲律賓首都馬尼拉。亦文亦商，已出版現代詩集、專欄隨筆集、評論集十三部。在東南亞積極推廣閃小說，首倡閃小詩。曾獲得菲律賓主流社會最高文學組織菲律賓作家聯盟詩聖獎等多項國內外文學殊榮，經常受邀擔任區域與國際文學賽事評審。現任世界華文微型小說研究會副會長、世界華文作家交流協會副祕書長、

菲律賓華文作家協會副會長、菲律賓安海經貿文化促
進會會長、馬尼拉人文講壇執行長、菲中一帶一路經
貿文化促進會祕書長等眾多社會團體要職。

忙

落葉習慣抄襲昨日的腳印

風拭擦著撩草的街道
把追趕時間的上班族
推出午門

2018.6.18

印記

粽葉包裹著
一顆憂國憂民的
心。揭開來
嵌滿龍舟的齒痕

2018.6.19

收傘

合起濕淋淋的
羽翼，倚在牆角喘息

流動的淚水，在地上
留下一幅故鄉的圖案

2018.6.25

換季

老樹脫光葉子

裸坦身體，迎向

入秋的刑場

立雪的老僧拈梅微笑

2018.6.28

示威

鯨魚集體撲上岸

吐出滿肚的保麗龍

就再也不回家了

等著媒體來收屍

2018.6.28

輪迴

陽光擦乾天空的淚水
卻止不住傘內的雨

傘內的雨，直直落
落得地上的陽光滿臉汗水

2018.7.1

讀報

飛來刀槍飛來唾沫
飛來緋聞飛來狗仔的鼻子

慌忙丟下染黑手指的報紙
我把眼睛深深埋入掌紋

2018.7.2

蚯蚓詩

黑夜的曲徑乃我的宿命
越暗，越安全

那怕首尾分身，我仍以
截句的名譽宣告重生

2018.7.8

蛇

謠言吐著口信

鑽入心底，產卵

生出一坨坨腥臭的耳屎

2018.7.13

橡皮擦

文字的草寇

總是從稿紙中冒出來

企圖捅破天窗

輕輕一抹，歷史一片空白

2018.7.22

回頭殺

回眸一眨

便夾住漫天嗡嗡的蚊子聲

輿論，叮得世界

渾身癢

2018.7.22

守時

奔跑的風，抱球過人
凌空飛躍投出一顆
腦袋，正中籃框

場外的驚叫聲爭奪彈回的時間

2018.7.29

橋頭堡

既然把岸伸到對面
何必架那麼多口舌？

橋頭，升起的
不是白旗，而是白髮

2018.7.30

剃頭

髮際線不是三八線
無法強調：犯我者，雖遠必誅

剃刀過處，髮落
如雪，黑白不分

2018.8.5

違章

醫生在他的身體裡
打下地基，構築摩天樓
搭起高架橋

於是，嘴裡的痰頻頻衝口而出

2018.8.14

王仲煌

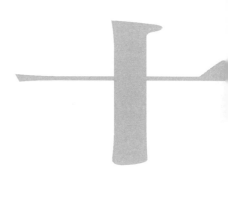

王仲煌

　　1973年出生，祖籍福建晉江。童年移居菲律賓馬尼拉，1990起於菲律賓各華文報副刊發表現代詩及散文，2002年起參與時評政論，以仲鴻為筆名在《世界日報》廣場發表作品，也於《潮流》雜誌、《菲律賓商報》與《菲律賓華報》副刊撰寫過「葵花夜話」、「拈花微言」、「無糖咖啡」等專欄。曾任《千島詩刊》主編、編委，現任千島詩社副社長、菲華專欄作家協會、亞洲華文作家協會理事。著有詩集《漸變了臉色的夢》、文選《拈花微言》。

孤舟

掛起一盞燈

夜幕八方有了眼睛

為著你的那雙

我情願昭示孤獨

晨景

天光破曉

切割樓房

人流逐開始分道揚鑣

波浪

昨晚我們飄蕩的烏黑髮絲

醒來千絲萬縷

已然波光粼粼

看海

一艘船停泊玻璃海
幾朵雲漂浮水墨天

看海的我
被囚禁在人世

路旁

放鞋和襪

去看守前程

一片溫柔的草地挽留了

我的赤足

生命

木、石、文字、或其他
因為作者、作品、作工、或其他？
到來的
都朝它膜拜了

祝福

歲月有個不幸的命運
它只能留住一件事物

它選擇為我們保存
那一枚中秋月

時光

誰是世上最美的？

不是皇后

也非白雪公主

她們只是你的一個剎那

過去

我把月亮放進冰箱保鮮

今晚，發臭的月光流淌一地
才發現
斷電了

韶光

日出
向？投擲
漸變了臉色的
夢

太極謠

月的

開啟裡關暗

四海一家的

燈

停電的夜

手伸進去……

深深深的壁櫥

自童年，取來一柱白燭

截自〈藉口〉

仰泳

我知足地找到

兩眼一閉，雙腿一蹬

又一蹬

的方式

截自〈Hidden Valley仰泳紀事〉

海岸

浮沉幾千載後

眾生

仍列自己

在這條弓弦

截自〈海岸〉

眼神

那側影的瞻望

如何靜住

夜空紛繁

的彈雨？

截自〈王城之祭典〉

石乃磐

石乃磐

　　籍貫中國河北辛集市，80後中最年輕的那一批
人。喜好遐想與單車。厭棄城市，因為討厭它的喧囂
和擁擠。相信簡單的生活有助於文學的創作。

願望

我想執子之手，白頭到老
兩手之間一根紅色的線被日夜反覆的拉扯
一種斷裂來自明日火紅的白刃

截自組詩〈片斷〉

失戀

我伸直我的身體

告訴眾人

你的天空已與我無關

截自組詩〈片斷〉

禮物

誓言是我贈你的一根肋骨
不是最長的，也非最短的
是男人繁衍女人的歷史

截自組詩〈片斷〉

落日

我拾起夕陽掉落的萬丈光芒中火紅的一束
它們點燃我心中所有的自私與卑劣
我，被燒灼成一名虔誠的聖徒，滿口的仁愛道德

截自組詩〈片斷〉

草莓冰淇淋

我想與你再次分享一盒來自化學的冰霜

你粉紅發顫的嘴唇寒冷著我額頭的皺紋

這片熱帶海洋上的土地，不是南方，也不在北方

截自組詩〈片斷〉

遺書

人生的推倒，失敗的邊緣，筆與紙熱烈的吻別
一張破碎的紙誓不見人，塵封結束的時刻
最後的證明，一個圓滾滾的句點，可有可無

截自組詩〈片斷〉

問題

天上的父，今日我還歇息在罪惡的溫床
不知是掉落，還是爬向更高的一層
你的國是否會接納滿身汙垢的我？

截自組詩〈片斷〉

藥丸

這一日重複一日的咀嚼，如午夜鐘聲
終有一日鯁塞了喉嚨，棄之不用
身體的輪迴，日趨漫長

截自組詩〈片斷〉

單車

以風的速度與風擦肩而過
一股股湧動的洪流割傷我的皮膚
一個面目猙獰的人撕掉偽善的外裝

截自組詩〈片斷〉

煙

我拋棄　我拾起

我吸入　我吐出

思緒的困頓揭開皮肉露出赤裸的白骨

截自組詩〈片斷〉

遇見

我駐足的期待

一顆超新星爆發的時刻

光芒與光芒的衝撞

昨日青春的盎然傾瀉於你疲倦的雙眼

截自〈遇見〉

原詩〈遇見〉

三輪車夫以機械的姿態

馱載你呆滯的目光

走過你百無聊賴的生活

我駐足的期待

一顆超新星爆發的時刻

光芒與光芒的衝撞

昨日青春的盎然傾瀉於你疲倦的雙眼

日記

日記本中頹廢的紙張

不再舞動一雙肆意翱翔的翅膀

這收合起來的黑暗

長眠在下一代未醒的眼睛

截自〈煙火思緒〉

原詩〈煙火思緒〉

我點燃的不是煙
而是你此刻漸漸消逝的影子
像一縷的煙幻象
隨風消散

黑夜之後
東方燃起新的火焰
昨日彈落的灰燼已如雪般冰冷

日記本中頹廢的紙張

不再舞動一雙肆意翔翔的翅膀

這收合起來的黑暗

長眠在下一代未醒的眼睛

蛇想

橫樑上一條盤踞的蛇，安靜的
像一段草繩，一張蛇皮寫滿所有罪惡的計畫
我躺在床上看著它緩慢的身姿，思索
一段草繩是否可以測量我的時限？

截自〈草繩〉

原詩〈草繩〉

黑漆漆的橫樑上纏著一段草繩
我看它像一條盤踞的蛇　安安靜靜
一動不動的姿勢像索命的小鬼手中
讓人驚恐的鐵索

這一段安靜的草繩又像一段陰暗的語言
說著活著的人對我的憎恨，恨得

像麥收後一團火對麥秸的審判，恨得
像牙醫手中的鉗子對牙齒的作為

橫樑上一條盤踞的蛇，安靜的
像一段草繩，一張蛇皮寫滿所有罪惡的計畫
我躺在床上看著它緩慢的身姿，思索
一段草繩是否可以測量我的時限？

HOMESICK

十五拔出一輪皎月無情的寒鋒　　將人分割

將精神從身體上割下　　從頭到腳

像屠夫的刀將皮與肉分離

將骨與肉斬斷

截自〈月圓夜〉

原詩〈月圓夜〉

（十五拔出一輪皎月無情的寒鋒
將人分割
將精神從身體上割下　從頭到腳
像屠夫的刀將皮與肉分離
將骨與肉斬斷）

我細細地觀摩當空的皓月
用右眼看、用左眼看　不管如何望過去

它都鋥亮的像一把嶄新的刀

正在不停地肢解我的身體

那個北方的平原上　那個我成長的村莊

我思念的人啊！請排好隊！

快來領取我──思念的遺產

年邁的爺爺奶奶，這頭顱是你們的！

伯伯叔叔，這四肢請分去！

我這眾多的親人，我擁有的不多

這肋骨，每人兩根，回家去煲鍋湯吧！

剩下的零碎，鄉親們也不必客氣

但那顆不爭氣的心

一定要埋在村外的那棵老槐樹下

兇器

舌頭，一把表現內心聲音的鎖匙
可以積累良善，也可以積累一種惡毒
可以睿智，可以愚笨，也可以偽裝

截自〈毒舌婦〉

原詩〈毒舌婦〉

聽說，釣魚的姜老頭憤恨的對著老太說：
「最毒婦人心！」

舌頭，一把表現內心聲音的鎖匙
可以積累良善，也可以積累一種惡毒
可以睿智，可以愚笨，也可以偽裝
可以削鐵斷玉的言語證明
摧毀的力量不止是刀劍亮閃閃的寒刃

也存在人的兩唇之間　　一種核彈的蘑菇雲
上升到我額頭的皺紋間

語言文學類　截句詩系30　PG2168

菲華截句選

主　　編/王　勇
責任編輯/林昕平
圖文排版/周妤靜
封面原創設計/許水富
封面設計/蔡瑋筠

發 行 人/宋政坤
法律顧問/毛國樑　律師
出版發行/秀威資訊科技股份有限公司
　　　　　114台北市內湖區瑞光路76巷65號1樓
　　　　　電話：+886-2-2796-3638　傳真：+886-2-2796-1377
　　　　　http://www.showwe.com.tw
劃撥帳號/19563868　戶名：秀威資訊科技股份有限公司
　　　　　讀者服務信箱：service@showwe.com.tw
展售門市/國家書店（松江門市）
　　　　　104台北市中山區松江路209號1樓
　　　　　電話：+886-2-2518-0207　傳真：+886-2-2518-0778
網路訂購/秀威網路書店：https://store.showwe.tw
　　　　　國家網路書店：https://www.govbooks.com.tw

2018年11月　BOD一版
定價：420元
版權所有　翻印必究
本書如有缺頁、破損或裝訂錯誤，請寄回更換

國家圖書館出版品預行編目

菲華截句選 / 王勇主編. -- 一版. -- 臺北市：
秀威資訊科技, 2018.11
　　面；　公分. -- (語言文學類)(截句詩系；
30)
　　BOD版
　　ISBN 978-986-326-630-3(平裝)

868.651　　　　　　　　　　107019109

讀者回函卡

感謝您購買本書，為提升服務品質，請填妥以下資料，將讀者回函卡直接寄回或傳真本公司，收到您的寶貴意見後，我們會收藏記錄及檢討，謝謝！如您需要了解本公司最新出版書目、購書優惠或企劃活動，歡迎您上網查詢或下載相關資料：http:// www.showwe.com.tw

您購買的書名：＿＿＿＿＿＿＿＿＿＿＿＿＿＿＿＿＿＿＿＿＿＿＿

出生日期：＿＿＿＿＿年＿＿＿＿＿月＿＿＿＿＿日

學歷：□高中 (含) 以下　　□大專　　□研究所 (含) 以上

職業：□製造業　□金融業　□資訊業　□軍警　□傳播業　□自由業
　　　□服務業　□公務員　□教職　　□學生　□家管　　□其它＿＿＿

購書地點：□網路書店　□實體書店　□書展　□郵購　□贈閱　□其他

您從何得知本書的消息？

　□網路書店　□實體書店　□網路搜尋　□電子報　□書訊　□雜誌

　□傳播媒體　□親友推薦　□網站推薦　□部落格　□其他＿＿＿＿＿＿

您對本書的評價：（請填代號　1.非常滿意　2.滿意　3.尚可　4.再改進）

　封面設計＿＿＿　版面編排＿＿＿　內容＿＿＿　文／譯筆＿＿＿　價格＿＿

讀完書後您覺得：

　□很有收穫　□有收穫　□收穫不多　□沒收穫

對我們的建議：＿＿＿＿＿＿＿＿＿＿＿＿＿＿＿＿＿＿＿＿＿＿＿

＿＿＿＿＿＿＿＿＿＿＿＿＿＿＿＿＿＿＿＿＿＿＿＿＿＿＿＿＿＿＿

＿＿＿＿＿＿＿＿＿＿＿＿＿＿＿＿＿＿＿＿＿＿＿＿＿＿＿＿＿＿＿

＿＿＿＿＿＿＿＿＿＿＿＿＿＿＿＿＿＿＿＿＿＿＿＿＿＿＿＿＿＿＿

11466
台北市內湖區瑞光路 76 巷 65 號 1 樓

秀威資訊科技股份有限公司　　　收

BOD 數位出版事業部

⋯⋯⋯⋯⋯⋯⋯⋯⋯⋯⋯⋯⋯⋯⋯⋯⋯⋯⋯⋯⋯⋯⋯⋯⋯⋯⋯⋯

（請沿線對折寄回，謝謝！）

姓　　名：＿＿＿＿＿＿＿＿　年齡：＿＿＿＿　性別：□女　□男

郵遞區號：□□□□□

地　　址：＿＿＿＿＿＿＿＿＿＿＿＿＿＿＿＿＿＿＿＿＿＿＿＿＿

聯絡電話：(日)＿＿＿＿＿＿＿＿＿＿　(夜)＿＿＿＿＿＿＿＿＿＿＿

E - m a i l：＿＿＿＿＿＿＿＿＿＿＿＿＿＿＿＿＿＿＿＿＿＿＿＿＿